POÉSIES DIVERSES.

TRADUCTION

DES I.ʳᵉ, 4.ᵉ ET 8.ᵉ SATIRES

DE JUVÉNAL,

EN VERS FRANÇAIS,

SUIVIES DE PLUSIEURS DIALOGUES SUR DIVERS SUJETS;

Par M. P. L.

A PÉRIGUEUX,

CHEZ F. DUPONT, IMPRIMEUR DE LA PRÉFECTURE.

1833.

AVIS ET APERÇU

SUR JUVÉNAL.

On a beaucoup écrit pour et contre Juvénal, et sans l'injuste critique de M. de La Harpe, insérée dans un parallèle entre Horace et cet auteur, qui devrait être classique dans un état libre, je n'aurais fait précéder ma traduction d'aucune remarque.

Mais peut-on garder le silence, quand ce détracteur de Juvénal a osé dire, dans son *Cours de Littérature*, que ce poëte, dont les écrits ne respirent que l'indépendance, n'avait, dans aucune de ses satires, réclamé contre le pouvoir arbitraire, ni revendiqué les droits de la liberté romaine? Juvénal était le bréviaire de Jean-Jacques. Doit-on compter pour rien l'opinion du citoyen de Genève, qui avait pris pour sa devise l'indépendante maxime du *Vitam impendere vero?*

M. de La Harpe pouvait-il aussi mépriser le jugement de notre immortel régent du Parnasse, qui fait si dignement ressortir le mérite de celui auquel il était en partie redevable de l'empire littéraire qu'il avait fondé sur la double colline, et n'avait-il pas lu la satire sur la noblesse?...

Si le grave professeur du lycée avait tenu d'une main impartiale le trop mobile et trop souvent trompeur trébuchet du goût, n'aurait-il pas dû s'apercevoir qu'il ne pouvait y avoir rien de commun entre un courtisan de la cour d'Auguste et ce morose censeur des vices de ses concitoyens, qui opposait vainement des digues à la décadence de l'empire romain?

Horace, fin courtisan, disciple d'Aristippe, loue adroitement son maître, fronde, par un badinage ingénieux et piquant, les travers des Romains, tandis que Juvénal, sorti de l'école du Portique, prêche une morale sévère. Continuateur de Lucile, il embrasse la satire politique et s'arme de son glaive contre les tyrans.

S'il se montre quelquefois déclamateur, si son style est trop souvent chargé d'hyperboles outrées, s'il emploie des mots grecs, par quelle sublime éloquence, par quelles beautés inimitables ne rachète-t-il pas ces défauts qu'on lui reproche!

Entraîné par l'esprit original qui l'animait, j'ai traduit en vers les trois satires qui suivent. Si j'ai moins souvent rendu les paroles que les pensées, les couleurs et la physionomie de ce grand écrivain, c'est que j'ai reconnu que chaque langue ayant son génie particulier, l'écueil ordinaire d'un traducteur était de l'asservir trop à son texte. On pourra s'en convaincre par les observations judicieuses sur l'art de traduire du fameux traducteur des *Géorgiques*. Les préceptes d'un si grand maître devant servir de règles, j'ai cru devoir rapporter ce qu'il dit à ce sujet :

« Le devoir le plus essentiel du traducteur, dit « M. l'abbé Delille, celui qui les renferme tous, « c'est de chercher à produire, dans chaque mor- « ceau, le même effet que son auteur. Il faut qu'il « représente, autant qu'il est possible, sinon les « mêmes beautés, au moins le même nombre de « beautés. Quiconque se charge de traduire con- « tracte une dette. Il faut pour l'acquitter qu'il « paye, non avec la même monnaie, mais la même « somme. Quand il ne peut rendre une image, qu'il « y supplée par une pensée. S'il ne peut peindre à « l'oreille, qu'il peigne à l'esprit ; s'il est moins « énergique, qu'il soit plus harmonieux ; s'il est « moins précis, qu'il soit plus riche. Prévoit-il qu'il « doive affaiblir son auteur dans un endroit, qu'il « le fortifie dans un autre ; qu'il lui restitue plus « bas ce qu'il lui a dérobé plus haut, en sorte qu'il « établisse partout une juste compensation, mais « toujours en s'éloignant le moins qu'il lui sera « possible du caractère de l'ouvrage et de chaque « morceau. C'est pour cela qu'il est injuste de com- « parer chaque phrase du traducteur à celle du « texte qui y répond. C'est sur l'ensemble et l'effet

« total de chaque morceau qu'il faut juger de son
« mérite. Mais pour traduire ainsi, il faut, non-
« seulement se remplir, comme on l'a dit souvent,
« de l'esprit de son modèle, oublier ses mœurs
« pour prendre les siennes, quitter son pays pour
« habiter le sien, mais aller chercher ses beautés
« dans leur source, je veux dire dans la nature.
« Pour mieux imiter la manière dont il a peint les
« objets, il faut voir les objets eux-mêmes, et à
« cet égard, c'est composer jusqu'à un certain point
« que de traduire. »

Ces excellens préceptes m'ont servi de guide. Je
livre au public cette production de mon faible ta-
lent. Puisse-t-elle mériter le suffrage des hommes
éclairés! C'est le seul dédommagement que j'at-
tends de mon travail.

TRADUCTION

DES Ire, 4.e ET 8.^e

SATIRES DE JUVÉNAL

PREMIÈRE SATIRE.

L'Auteur expose les Raisons qui l'obligent à composer des Satires.

N'entendrai-je jamais que l'enroué Codrus
Chantant sa *Théséïde*, énivré de Phébus?
Quoi! l'un viendra me lire encor ses comédies
Et l'autre impunément ses fades élégies?
Celui-ci m'accabler d'un *Télèphe* verbeux,
Celui-là d'un *Oreste* encor plus monstrueux?
Maudit soit ce pédant, prolixe auteur tragique,

Qui ne peut terminer son œuvre fantastique !

Qui connaît mieux que moi le bois sacré de Mars,

l'Eolie et son antre, et ses rochers épars?

Des jardins de Fronton les platanes mugissent, [1]

Ses colonnes de marbre en tout temps retentissent

De mille sons confus de bons et méchans vers.

Des tempêtes, et puis les ombres des pervers

Que tourmente Alecton; la région fameuse

D'où Jason enleva la toison merveilleuse,

Et les miraculeux combats de Monychus, [a]

Voilà vos lieux communs, nourrissons de Phébus!

Pour moi, disciple ardent d'une école sévère,

Je donnais à Sylla le conseil salutaire [2]

De craindre les honneurs, tout devant l'éloigner

Des fous et des méchants faits pour nous indigner.

— « Fort bien ! mais laissons là la muse de Lucile. »

— Quoi! rien ne doit donc plus allumer notre bile?

Lorsqu'on voit Crispinus, qu'a vu naître le Nil, [3]

Cet esclave d'Egypte, homme exécrable et vil,

Étaler à nos yeux la pourpre tyrienne,

Les plus riches bijoux, la pompe la plus vaine,

Et mon ancien barbier éclipser tous nos grands,

---

[a] Centaure de Sicile, qui lançait contre les Lapithes des arbres entiers.

Faudra-t-il applaudir aux mœurs de notre temps !

Peut-on, sans s'indigner, voir passer la litière

De l'avocat Mathon ; lui, que suit par derrière

L'infâme délateur, habile à s'emparer [4]

Des richesses des grands qui le font figurer !

C'est lui que craint Massa, qu'apaise par sa bourse

Carus que suit Thymèle, infamante ressource

De son époux tremblant. Qui ne maudirait pas

Cet autre affreux larron, allant avec fracas,

En pompe et grand cortége, aux dépens d'un pupille ?

Que craindrait Marius ? C'est envain qu'on l'exile......

L'or ne change-t-il pas l'infamie en honneur ?

La colère des Dieux ne trouble point son cœur.

Il méprise nos lois. Province malheureuse,

Tu déplores tes maux, quoique victorieuse ! [5]

Qu'Horace avec succès eût frondé ces méchans !

Et moi, sans être ému de ces débordemens,

J'irais chanter Hercule et retracer des fables,

Lorsqu'on est révolté des mœurs abominables

De ce fameux cocher, qui, fier d'avoir été

Le Mercure odieux d'un prince déhonté, [6]

A, dans son déshonneur, l'impudence de croire

Qu'on doit une cohorte à sa frivole gloire ;

Du falsificateur de sceaux et de contrats,

Que six de ses valets promènent sur nos pas,
Qui, d'un air dédaigneux, assis dans sa litière,
S'offre nonchalamment penché sur le derrière,
Affectant le maintien d'un Mécène important!....
De cette autre Locuste, opprobre de son rang,
Qui donne à son époux un funeste breuvage,
Pour jouir à son gré d'un criminel veuvage,
Répand, par le poison, l'épouvante et l'horreur,
Et brave le public malgré son déshonneur!.....
Voulez-vous parvenir? Osez, plein d'espérance,
Braver l'exil, les fers, vous aurez la puissance!
L'audace règne. En vain on vante les vertus,
Par le crime on obtient des faveurs de Plutus,
Ces superbes châteaux, ces jardins magnifiques,
Ces vases ciselés, ces tables, ces portiques,
Ces chefs-d'œuvre des Grecs dont on a dépouillé
L'honnête citoyen de malheurs accablé......
Outré de ces horreurs, si Phébus ne m'inspire,
De l'indignation renaîtra la satire;
Et puisque bien ou mal il faut enfin rimer,
Comme Cluviénus ne peut-on s'escrimer?...
Contre le vice armé d'une haine implacable,
Je vais offrir de l'homme un portrait véritable,
Et montrer ses penchans depuis Deucalion.

O désordres affreux! funeste ambition!

L'avarice, le jeu, tous les vices débordent!

Des joueurs effrénés se poursuivent, s'abordent,

Et font suivre avec eux leur pesant coffre-fort!

Dieux! quel acharnement pour connaître son sort!

Se ruiner au jeu, laisser nu son esclave!

De nos antiques mœurs est-ce ainsi qu'on se brave!

Nos aïeux cherchaient-ils la pompe des châteaux?

Aucun d'eux, énivré de nos plaisirs nouveaux,

Brilla-t-il par sa table? Une foule orgueilleuse

Va maintenant chercher sa ration piteuse

A la porte du fier et soupçonneux patron

Qui craint pour le tromper qu'on n'use d'un faux nom.

Il reçoit ses cliens pourvu qu'il les connaisse;

Et par son ordre alors la Troyenne jeunesse

Accourt au vestibule à la voix d'un crieur.

Le maître dit : « Donnez d'abord à ce préteur,

« Ensuite à ce tribun. » Un affranchi s'approche :

— « Arrivé le premier, sans craindre aucun reproche,

« Je défendrai, dit-il, mon droit, ma primauté.

« Des rives de l'Euphrate en ces lieux transplanté,

« Quoiqu'affranchi, Seigneur, par ma riche industrie

« Je triomphe au Forum. Faut-il donc que j'envie ⁊

« Le rang de sénateur, quand on voit Corvinus

« Pâtre aux champs laurentins? Pallas, Licinius,
« Sont moins riches que moi. Que les tribuns attendent! »
Que l'or éclipse tout! Que nos Romains entendent
Que celui qui naguère a paru sans souliers,
Doit, s'il est le plus riche, être admis des premiers.
Puisque notre Dieu seul est celui des richesses,
Qu'il érige en honneurs nos insignes bassesses,
En attendant qu'il ait parmi nous des autels,
Comme la bonne foi, si propice aux mortels,
La concorde, la paix, la vertu, la victoire !
Mais si trop lésineux les grands souillent leur gloire,
Que feront des cliens, forcés de subsister
De leurs modiques dons? Eux qui s'en vont quêter
La sportule en litière? Une épouse malade [8]
Vient avec son époux, ne voit que la façade
Du palais du patron. Un client plus adroit
Vainement pour la sienne exige aussi son droit.
Il montre sa litière et feint d'y voir sa dame :
« C'est ma Galla, dit-il, donnez-lui! Ma chère âme,
« Fais-toi voir. Elle dort, ne la dérangez pas! »
Quels spectacles divers ! Du barreau le fracas,
Les aumônes des grands, les honneurs et les titres
Offerts aux publicains de notre empire arbitres !
Les plus anciens cliens frustrés dans leur espoir,

Se retirent enfin, jurent de ne plus voir
Un patron qui les fait croupir dans la misère;
Qui seul va dévorer (tant il fait bonne chère)
Les meilleurs alimens des mers et des forêts.
Comme lui, par la table et ses riches apprêts,
Nos grands engloutiront leur antique héritage.
Plus donc d'écornifleurs ni de servile hommage!
Ils gémiront alors dans un triste abandon!
Mais laissons ce sordide et vorace patron
De paons, de sangliers se gorger à sa table,
Sans pouvoir assouvir sa gueule insatiable.
Le ventre rebondi, l'ogre ira dans le bain
Crever d'intempérance et d'un trépas soudain,
Comme tant de vieillards dont la gloutonnerie
Leur fait *ab intestat* abandonner la vie.
On s'égaie et l'on rit d'une pareille mort!
Nos neveux pourraient-ils envier notre sort?
Le vice est triomphant; le crime nous enchaîne!
Bravons tous les écueils. Un Dieu vengeur m'entraîne.
Sans crainte et sans aigreur il faut tout dévoiler.
Mais quel affreux tableau ma main va dérouler!
Qu'à nos grands écrivains la liberté fut chère!
Dans des temps plus heureux ils bravaient l'arbitraire.
Et nous pour nos écrits nous craindrions Mutius?

— « Avez-vous oublié l'affreux Tigellinus? 9

« A son ordre cruel la torche est toujours prête.

« Craignez que pour fanal on n'offre votre tête! » 10

—O justice! ô vertus!... Dieux! cet empoisonneur,

Bravant impunément la publique rumeur

Et les mânes des siens, dans sa riche litière

Nous toise avec dédain du haut de la portière!

— « Si vous le rencontrez simulez le respect!

« Le délateur est là! tout tremble à son aspect!

« Vous pouvez, rassuré sur votre destinée,

« Décrire le combat de Turnus et d'Énée,

« La blessure d'Achille et le destin d'Hylas.

« Vengeur de la vertu, fléau des scélérats,

« Lucile en fit justice et fit pâlir le crime!

« Que de dangers bravait son âme magnanime!

« Songez-y donc. Craignez de vous trop signaler!

« Lorsqu'on tire le glaive on ne peut reculer! »

— Eh bien! si les tyrans ont sur nous tant d'empire,

A leurs mânes affreux réservons la satire!.....

NOTES

DE

LA PREMIÈRE SATIRE.

[1] Fronton était un riche patricien, dont les magnifiques jardins étaient ouverts au public, et où les poëtes se rassemblaient pour y lire leurs pièces.

[2] Sylla était un descendant du dictateur. Il fut impliqué dans une conjuration contre Néron, dont il fut victime. *(Voyez Tacite, Annales, livre XIV.)*

[3] Crispinus était un favori de Domitien, qui le combla de richesses et d'honneurs.

[4] Ce délateur était un certain Régulus, qui vivait sous ce prince.

[5] Ce Marius, différent du premier de ce nom, était contemporain de Trajan. Il avait été proconsul d'Afrique. Il fut accusé de concussion et banni par le sénat, sans que la province qu'il avait pillée fût indemnisée. Le fisc profita de la moitié de ses dépouilles. Le coupable retint l'autre, et mena dans son exil une vie plus agréable que dans son gouvernement.

[6] On trouvera une lacune en cet endroit comme dans tous les passages obscènes de cette satire, que j'ai cru devoir retrancher pour ne pas charger la traduction des monstrueuses obscénités dont l'auteur latin n'est que trop souvent souillé.

L'individu dont il est ici question est Cornélius-Fuscus, le même que celui dont il est parlé dans la quatrième satire; qui, ayant figuré sous Domitien, avait obtenu de cet empereur le commandement des gardes Prétoriennes. Il périt ensuite dans une expédition dont il avait été chargé contre les Daces. Il avait été, dans sa jeunesse, cocher de Néron, quoiqu'il appartînt à une famille très-distinguée. Il avait, en outre, servi ce prince dans son infâme lubricité, et particulièrement dans sa passion monstrueuse pour Sporus, qu'il épousa publiquement, et sur le corps duquel il exerça des horreurs dans l'intention de changer son sexe.

Il revêtit ensuite cette singulière épouse des ornemens d'impératrice, et parut ainsi en public avec son eunuque. Heureux l'empire romain, disait-on en voyant ces horreurs, si le père de ce monstre n'eût eu que de pareilles femmes !

7 *Quinque-Tabernæ* était la partie du Forum occupée par les banquiers et les usuriers. Il eût été ignoble de rendre littéralement en vers les cinq boutiques qui étaient ce que nous appelons la Bourse.

8 La sportule était une corbeille remplie de comestibles que les patrons faisaient distribuer à leurs cliens, et qui fut remplacée par une modique distribution d'argent.

9 Tigellinus était le ministre favori de Néron, et ne contribua pas peu, par ses crimes, à faire regretter Sénèque et Burrhus, dont il fut l'indigne successeur.

10 Tacite parle, dans le quinzième livre de ses Annales, de cet affreux supplice inventé par l'infâme Tigellinus contre ses ennemis, et qui fut particulièrement infligé aux chrétiens, sous le règne de Néron.

Suivant cet historien, par un raffinement de cruauté, les uns étaient enveloppés de peaux de bêtes féroces, et livrés ensuite à des dogues pour être déchirés. Les autres, revêtus d'une robe soufrée, étaient empalés pour être brûlés et servir la nuit de reverbères dans les rues de Rome, comme on peut le voir encore dans Sulpicius.

QUATRIÈME SATIRE.

C'est encor Crispinus qu'il faut remettre en scène ! [1]
Peut-on assez vouer au mépris, à la haine,
Ce monstre offrant en soi tous les vices à nu ?
De luxure énivré, ce mortel dissolu
Livre tout, hors la veuve, à sa brutale flamme !
Qu'importe que ce fou, ce scélérat infâme,
Brille par ses jardins embellis à grands frais,
Ses portiques, ses bois et ses riches palais ?
Le malheur suit le crime. Eh quoi ! ce misérable
Pourrait-il être heureux, lui, dont l'ardeur coupable
Flétrit une vestale, et qui, dans Rome en deuil,
La verra toute en vie entrer dans le cercueil ? [2]
Mais, montrons seulement ses délits, sa folie !

Q'un autre s'avisât d'imiter sa manie,

Il serait censuré! Ce qui perd Titius

Et flétrit l'honnête homme honore Crispinus!

Il paye un surmulet dont (si ce n'est un conte)

Le poids serait celui des sesterces qu'il compte.

Que, par ce beau présent, il voulût hériter

D'un vieillard sans enfans, ou qu'il voulût capter

La matrone qu'on porte en litière fermée,

J'approuverais son but. Mais sa gueule affamée

Se le réserve tout. *Frugal Apicius,* [3]

Combien fûtes-vous sobre auprès de Crispinus!

Quoi! pour un surmulet? quoi! six mille sesterces!

O bizarre destin! quelles chances diverses!

Est-ce toi, Crispinus, qui, d'Egypte échappé,

Comme un sale goujat, de toile enveloppé,

Allais partout criant : *Poissons, marée à vendre!...*

Tu pouvais acheter, pour ne pas nous surprendre,

Bien moins cher le pêcheur, des terres à ce prix.

De ses profusions si nous sommes surpris,

Combien plus justement ne devons-nous pas l'être

Des prodigalités de l'empereur son maître,

Puisque son vil bouffon, de la pourpre honoré,

Ce chef de l'ordre équestre, à la cour révéré,

Est si loin d'égaler par sa magnificence,

Des festins de César l'excessive dépense!

Calliope, aide moi dans un récit nouveau!

Muses, tout est réel : animez ce tableau!

Le dernier Flavien déchirait avec rage 4

L'univers expirant, Rome dans l'esclavage,

Lorsqu'on prit, vis-à-vis le temple de Vénus,

Dans Ancône, bâti sur les bords si connus

Du golfe Adriatique, un Turbot admirable.

Par sa grosseur énorme il était comparable

A ceux qui, sous la glace, en hiver engraissés,

Et qui par la débâcle étant débarrassés,

Passent au Pont-Euxin des Palus-Méotides.

Le pêcheur, redoutant des délateurs perfides,

La foule qui bordait le rivage voisin,

Destine ce Turbot, par un prudent dessein,

Au souverain Pontife. Eût-il osé le vendre 5

Ou quelqu'un l'acheter? Pouvait-il se défendre

Des inspecteurs présens, tout prêts à déclarer

Que ce rare Turbot, qu'il fallait révérer,

Echappé des étangs du maître de l'empire,

Devait y retourner sans qu'on se le fît dire?

D'ailleurs, selon le bon et docte Armilatus, 6

La mer ne produit rien, et ne renferme plus

Aucun rare poisson, qu'au fisc il n'appartienne!

Que faire du Turbot? faut-il s'en mettre en peine?

Le pêcheur avisé part, brave les frimats,

Les vents, la fièvre quarte, avançant à grands pas, [7]

Il franchit le lac d'Albe, entre dans cette ville

Qui du culte troyen consacre encor l'asile. [8]

Là, la foule s'empresse et l'arrête un moment;

Puis, tandis qu'au palais on l'admet dignement,

Les sénateurs dehors attendent que leur maître

Accueille son offrande et ses vœux pour paraître!

On s'approche d'Atride. — « Aurai-je le bonheur

« Qu'un bon prince, lui dit alors l'humble pêcheur,

« Reçoive ce poisson, que la bonté céleste

« Gardait pour votre siècle; on peut croire, et j'atteste

« Qu'il s'est, pour être pris, dans mon filet jeté. »

Basse adulation! crédule autorité!

Pouvoir suprême, hélas! que ne te fait-on croire?

Mais, quel heureux potier jouira de la gloire

De façonner un vase en l'honneur du Turbot?

Au nom de l'empereur, on convoque aussitôt

Les grands qu'il abhorrait, dont le pâle visage,

Glacé par la terreur, annonçait l'esclavage.

Le premier, qui paraît à la voix d'un crieur,

Est Pégasus qui vole au nom de l'empereur.

On l'avait récemment nommé préfet de Rome.

On fut surpris de voir en crédit ce digne homme,

Ce sage magistrat qui, dans ce temps affreux,

Arrêtait de Thémis le glaive rigoureux.

Vient ensuite Crispus, ce vieillard tout aimable, 9

Poli, doux, éloquent, d'un commerce agréable.

Qui pouvait mieux que lui vers le bien diriger

Un maître si puissant, s'il n'eût craint le danger

De dévouer sa vie à son indépendance !

Sous ce prince, où régnait un funèbre silence,

Crispus n'opposa point de digues au torrent.

Quel romain eût osé, contre un affreux tyran,

Elever dans ce temps une voix courageuse !

C'est par là qu'il vieillit dans une cour affreuse ;

Que, par la même adresse, on vit Acilius

Se sauver du péril. De l'âge de Crispus,

Il arrive, suivi d'un malheureux jeune homme,

Victime réservée à l'oppresseur de Rome.

Qu'il est rare aujourd'hui de voir vieillir nos grands !

J'estime plus heureux le dernier des géans.

Nu, dans l'arène d'Albe, en signalant sa pique,

Ce jeune homme abattait les fiers lions d'Afrique.

Mais à quoi bon singer nos vieux patriciens ? 10

Qui serait, ô Brutus, dupe de tes moyens ?

On pouvait, sous nos rois, croire à ton stratagême.

Quoique d'un nom obscur, d'une impudence extrême,
Rubrius tout troublé n'avançait qu'à regret,
Craignant le châtiment d'un outrage secret. ¹¹
Le ventru Montanus se traînait avec peine.
On vit paraître aussi Crispinus hors d'haleine,
Dégoûtant de parfums. Venaient Pompeïus,
Délateur sanguinaire, immolant les vertus ;
Fuscus, devant porter aux vautours ses entrailles,
Après avoir en vain simulé des batailles
Dans son château de marbre ; et l'adroit Veyenton,
Suivi de Catullus, assassin dont le nom
Doit être pour toujours flétri dans la mémoire.
Il brûlait pour Lydie à la gorge d'ivoire,
Qu'il ne put jamais voir. Aveugle, bas flatteur,
Quels droits n'avait-il pas au rang de sénateur,
Lui qui de mendiant s'était fait satellite ?
Grand prôneur du Turbot, ce rampant hypocrite
L'admire en bon aveugle et l'exalte à l'excès.
C'est ainsi qu'il jugeait des combats, des succès
D'un vil gladiateur, et des coups de théâtre !
Veyenton du Turbot n'est pas moins idolâtre ;
Et comme un possédé de Bellone en fureur,
Prophétise en ces mots : — « Magnanime empereur,
« Je vois l'accroissement de notre gloire antique ;

« Vous allez renverser le trône britannique.

« Le monstre est étranger ! Prince, voyez ses dards !... »

Il n'avait plus qu'à dire, en tordant ses regards,

Où naquit le Turbot et quel était son âge !

— « Eh bien ! dit l'empereur d'un air sombre et sauvage,

« Que faire du poisson ? faut-il le dépécer ? »

— « Non, non, dit Montanus, ce serait l'offenser !

« Il faut ici tout l'art d'un nouveau Prométhée,

« Dont la main au plus vite, à l'ouvrage appliquée,

« Forme un vase à pouvoir le placer tout entier.

« Que désormais, César, quelqu'habile potier

« Marche avec votre camp ! » Ce sage avis l'emporte !

Montanus avait vu s'oublier de la sorte

Quelques vils empereurs, et surtout ce Néron,

Habile à réveiller son appétit glouton,

Quand ses poumons brûlaient de l'ardeur du Salerne. [12]

Aucun contemporain, qu'on admire ou qu'on berne,

N'eut le palais plus fin, le goût plus délicat.

Qu'il vît un hérisson figurer dans un plat,

Il disait aussitôt : « Il sort de tel parage ! »

Et distinguait surtout, par un rare avantage,

L'huître du lac Lucrin de celle de Circé.

On se lève, et déjà le conseil a cessé.

On fait sortir ces grands que leur sublime maître

Avait dans son fort d'Albe obligé de paraître
Non moins subitement que s'il avait conçu
Des craintes du Sicambre, ou s'il avait reçu [13]
Des avis alarmans des quatre coins du monde!
Au lieu de nous frapper d'une terreur profonde
Par le meurtre assidu des plus grands citoyens,
Que n'usa-t-il toujours de semblables moyens,
Ce tyran dont la mort ne fut inévitable
Que lorsqu'aux savetiers il devint redoutable!

NOTES

DE

LA QUATRIÈME SATIRE.

1 Crispinus, le même personnage que celui désigné dans la première satire.

2 L'incontinence des Vestales était punie de l'inhumation de ces prêtresses toutes vivantes. L'origine de ce supplice remonte jusqu'à Tarquin. Le jour de l'exécution, les affaires, tant publiques que particulières, étaient suspendues. Le trouble et la consternation régnaient dans la ville. Le grand-prêtre, suivi des autres pontifes, se rendait au temple de Vesta, où il dépouillait la Vestale coupable de ses ornemens sacrés. Cette cérémonie se pratiquait dans le plus grand recueillement et avec la plus grande pompe.

3 Les Apicius étaient connus à Rome par leur gourmandise.

4 La famille des Flaviens comprend trois empereurs : Vespasien, Titus et Domitien. Juvénal donne à ce dernier le nom de Néron le Chauve, par similitude avec Néron, fils d'Énobarbus et d'Agrippine.

5 Les empereurs romains, revêtus de toutes les magistratures curules, eurent soin de joindre le pontificat à la puissance impériale, et c'est par cette politique qu'ils cimentèrent leur despotisme, à compter de l'avénement de Tibère à l'empire.

6 Armillatus et Palfurius, fameux jurisconsultes qui se laissèrent corrompre, et vendirent le peuple au tyran.

7 La fièvre quarte, avant la découverte du quinquina, dégénérait en maladie chronique, et durait quelquefois sept à huit ans. Il n'est donc pas surprenant qu'elle fût redoutée des anciens peuples avant que son antidote fût connu.

8 Le culte de Vesta et du feu avait été apporté de Phrygie à Rome par Énée et les Troyens, qui abordèrent en Italie. Ascagne, fils d'Énée, avait fondé la ville d'Albe, où l'on avait érigé un temple en l'honneur de Vesta. Le plus beau de tous ceux qui étaient consacrés à cette prêtresse était, dit-on, celui que Numa avait fait bâtir à Rome.

9 Crispus est cité par les historiens comme un homme aimable et plein d'esprit. Quelqu'un lui demandait un jour si l'empereur était seul ou en compagnie : « Il n'a pas même une mouche ! » répondit-il. Un des passe-temps de Domitien était, dit-on, celui d'enfiler des mouches avec un poinçon d'or.

10 Lucius Junius Brutus, fils de Marcus Junius Brutus et d'une sœur de Tarquin le Superbe, contrefit l'insensé, afin de pouvoir venger un jour la mort de son père et de son frère, que Tarquin avait fait mourir, devant craindre pour lui-même une pareille catastrophe si ce prince remarquait en lui du nerf et du courage.

11 On présume qu'un des principaux motifs de la crainte de Rubrius était que l'impératrice lui avait accordé ses faveurs.

12 L'intempérance des grands de Rome, sous l'empire, était telle, qu'ils se faisaient vomir avant et après le repas. « Ils prennent un vomitif, dit Sénèque, afin de mieux manger, et ils mangent afin de prendre un vomitif ! » Cicéron nous apprend que César pratiquait aussi cette sale coutume.

13 Peuples de la Germanie, qui habitaient les deux bords du Rhin.

HUITIÈME SATIRE.

Que sert-il, Ponticus, de compter des aïeux
Et de s'imaginer qu'on sort du sang des Dieux ;
D'étaler les tableaux de Galba sans oreilles,
Ceux des Émiliens, dont on voit les merveilles [1]
Sur des chars de triomphe ; et ceux de Corvinus [2]
Avec son nez tronqué ; de joindre aux Curius,
Mutilés par le temps et n'offrant que le buste,
Les portraits enfumés d'un dictateur Auguste ;
Ceux de son général et leurs nombreux faisceaux ? [3]
A quoi bon nous vanter l'éclat de ces héros,
Si vous vous flétrissez sous les yeux des Lépides,
Devant le numantin et des chefs intrépides
Dès l'étoile du jour au combat s'avançant ?

Quand du jeu vous passez au sommeil accablant?

Quel est ce Fabius que la pourpre décore; 4

Qui d'un surnom illustre impudemment s'honore?

D'Hercule est-il issu, l'infâme empoisonneur,

Le monstre efféminé qui par son déshonneur,

Flétrit un nom divin, le traîne dans la fange!

Vos antiques tableaux font-ils votre louange?

En vain décorent-ils tous vos appartemens!

Noblesse, les vertus sont tes vrais fondemens!

Soyez Paulus, Drussus, Cossus, par vos mœurs pures!

Au consulat promus, marchez sous ces augures;

Portez au champ d'honneur leurs nobles sentimens :

Ils vous préserveront de vos égaremens!

Vous êtes-vous acquis un nom irréprochable?

La vertu dans votre âme est-elle inébranlable?

Je reconnais un grand! Salut, Getulicus,

Ou tout digne Romàin! Vos titres sont reçus,

Quel que soit votre nom. Votre heureuse patrie,

Consacrant vos vertus, vous exalte et s'écrie,

Comme un peuple crédule, en trouvant Osiris. 5

Est-il noble celui que poursuit le mépris,

Et qui par sa bassesse avilit sa naissance?

Un nain est un Atlas lorsqu'il a la puissance;

Une naine bancroche est Europe ou Junon;

Un Maure affreux du cygne a l'éclat et le nom ;
Un chien galeux, qui lèche une lampe fétide,
N'a pas moins de *lion* le sobriquet perfide.
A ce titre, craignez celui de Créticus !
Mais qui doit m'écouter ? N'est-ce pas vous, Plancus ? [6]
Vous qu'enfle des Drussus l'éminente origine ?
Vous êtes-vous acquis une gloire divine,
Pour être l'orgueilleux descendant des Césars,
Non celui d'un soldat qui garde nos remparts ?
« Je descends de Cécrops. Vous, sans nom, sans patrie, [7]
« N'êtes que des vilains et du peuple la lie ! »
Dites-vous. Eh bien ! donc, caressez à loisir
Un chimérique orgueil. Mais dans quel rang choisir
Un illustre orateur, un avocat habile,
Qui d'un noble ignorant soit le recours utile,
Qui parcoure avec art le dédale des lois ?
Et ces jeunes guerriers, brillant par leurs exploits,
Qui nous font dominer du Texel à l'Euphrate,
Où sont-ils ? Dans le peuple ! Et vous qu'un vain nom flatte,
Qu'êtes-vous ? De Cécrops rien que le descendant,
Au buste de Mercure en tout point ressemblant,
Si ce n'est qu'il nous offre une tête d'albâtre,
Vous un portrait vivant ! Des grandeurs idolâtre,
Rejeton des Teucers, qui doit faire estimer

Les plus fiers animaux et les faire primer?
N'est-ce pas leur vigueur que toujours on préfère?
Voyez-vous ce coursier qui parcourt sa carrière,
Devançant ses rivaux? Le cirque a retenti
De cris admirateurs depuis qu'il est parti.
A sa race doit-il l'aiguillon qui l'excite?
Mais la postérité d'Hyrpin et de Corythe,
Qui ne peut avec gloire accomplir son destin,
Va traîner la charrette ou tourner au moulin!
Brillez donc par vous seul! Jaloux de notre estime,
Montrez-nous les vertus d'une âme magnanime.
Honneur à vos aïeux! Sachez les égaler!
Mais laissons là Plancus vainement étaler
L'orgueil de son grand nom et cette folle ivresse [8]
Mortelle au sens commun. Pour prouver sa noblesse,
Ponticus, pour soi-même il faut être compté,
Et briguer les honneurs de la postérité!
De l'antique donjon si le support s'éboule,
Entendez le fracas du donjon qui s'écroule.
D'un cep plein de vigueur le débile rameau
Vers la terre penché soupire après l'ormeau.
Soyez brave soldat, incorruptible arbitre,
Tuteur irréprochable, et méritez le titre
D'un témoin véridique, et qui, de sens rassis,

Braverait le taureau du cruel Phalaris. 9

Le déshonneur nous tue. Il n'est luxe de table

Ni de bains parfumés contre un mal incurable.

Quand selon vos désirs vous serez gouverneur

D'une province enfin livrée à votre honneur,

Réprimez l'avarice, étouffez la colère,

Plaignez nos alliés qu'accable la misère.

Vous laisserez en paix leurs fantômes de rois.

Sachez vous conformer à nos augustes lois,

Aux décrets du sénat. Sa foudre vengeresse

Ecrasa deux forbans dont la scélératesse 10

Subit un rigoureux et juste châtiment.

Mais en commet-on moins le crime impunément?

Ce qu'a laissé Natta, Pansa vous le dérobe. 11

Vîte un crieur! Vendez jusqu'à la garde-robe,

Chérippe, et taisez-vous. Evitez le regret 12

D'ajouter au perdu la perte encor du fret.

Nos alliés jadis, au temps de notre gloire,

Étaient moins maltraités par nous dans la victoire.

Ils regorgeaient d'argent. On admirait chez eux

Des chefs-d'œuvre sans nombre, ouvrages merveilleux

De Phidias, Miron, Mentor et Polyclète.

S'appropriant depuis le prix de la conquête,

Dolabella, Verrès, Antoine, rapportaient

Ces trésors des pays qu'en paix ils dévastaient.

Maintenant aux abois, nos alliés sans cesse

Déplorent les malheurs d'une horrible détresse.

Privés par nos préteurs du fruit de leurs travaux,

Irez-vous leur ravir leurs lares, leurs troupeaux?

Vous pouvez mépriser l'indolente Corinthe,

Le lâche Rhodien; mais redoutez l'atteinte

Du farouche Espagnol, du Thrace et du Gaulois.

N'allez pas, Ponticus, appesantir nos lois [13]

Sur ceux dont les moissons font briller nos spectacles.

Vous trouveriez chez eux le plus grand des obstacles.

Qu'a laissé Marius à ces bons Africains? [14]

Gardez-vous bien surtout, dans vos nobles desseins,

De trop exaspérer le malheur, le courage.

Quand vous vous livreriez au plus honteux pillage,

Vous laisseriez l'épée, et le casque et les dards.

Ote-t-on aux vaincus les insignes de Mars?

Je ne m'érige point en prophète inutile.

Faut-il, quand je vous parle, évoquer la Sibylle?

Si vos subordonnés brillent par leurs vertus,

Si Thémis foule aux pieds l'offrande de Plutus,

Et si votre compagne est exempte de crimes,

De dols et de trafics, honteux, illégitimes,

Descendez de Picus. Si des noms éclatans

Exaltent votre orgueil, choisissez les Titans;
Choisissez Prométhée, ou cherchez dans l'histoire
Un antique ascendant d'immortelle mémoire.
Mais si nos alliés redoutent vos faisceaux,
Si vos affreux licteurs ne sont que des bourreaux,
Au meurtre encouragés, cette illustre noblesse
Ne fait que dévoiler votre insigne bassesse.
Le crime est plus frappant quand on a le pouvoir.
Sous quel nom vous montrer, vous qui n'avez fait voir
Si souvent qu'un faussaire, en signant dans des temples
Fondés par votre aïeul, malgré de bons exemples,
Tant de faux testamens, et qui courez, la nuit,
Sous la cape gauloise, au plus honteux réduit!
Sur un char promenant son horrible infamie,
Damasippe, la nuit, dans son délire impie, [15]
Profane les tombeaux de ses dignes aïeux.
Mais en vain croirait-il cacher son crime aux Dieux!
Dépouillé par la loi du pouvoir consulaire,
Il fait d'un écuyer le service ordinaire.
Trouve-t-il un ami qui rougit de le voir?
Il incline son fouet, et se fait un devoir
Lui-même de soigner ses jumens fatiguées.
Observateur des lois par Numa consacrées,
S'il fait un sacrifice au souverain des cieux,

Il jure par Hippone et les portraits des Dieux [16]
Qu'offrent des rateliers où l'encens fume encore.
Qu'il aille au cabaret veiller jusqu'à l'aurore,
Un marchand syrien, qui s'offre assidûment
Graissé de ses parfums, le salue humblement
Comme un sujet soumis. On voit aussi paraître
La folâtre Cyane, au sourire un peu traître,
Un flacon à la main. Le lecteur complaisant
Dira : — « Pour la jeunesse il faut être indulgent! »
Soit. Mais ne doit-on pas se corriger des vices?
Supportons des enfans l'humeur et les caprices
Jusqu'à l'âge viril. Lorsqu'il devrait garder
Le Danube et le Rhin, des périls hasarder,
Damasippe se rend assidûment aux Thermes! [17]
Voilà de tes guerriers, si vaillans et si fermes!
Va l'employer, Néron, et tu le trouveras,
Ton digne favori, parmi des scélérats,
Dans un grand cabaret, couché près des sicaires,
Des voleurs, des bourreaux, des constructeurs de bières,
Des bandits, des calfats, des curètes Crétois. [18]
Dans cette horrible orgie usant des mêmes droits,
Ils partagent ensemble une commune table!
Voudriez-vous, Ponticus, un esclave semblable?
Ne l'enverriez-vous point dans vos cachots toscans?

Fiers Troyens, qu'entre vous vous êtes indulgens !
Les Brutus, les Gracchus, font juger méritoire
Ce qui d'un savetier flétrirait la mémoire !
De nos déréglemens le pire est-il montré ?
Damasippe aux abois, dans le vice vautré,
Jouant, pour exister, le spectre de Catulle, [19]
Misérable Histrion, fut de Stentor l'émule !
Vrai mime d'un larron, l'agile Lentulus [20]
Fut digne du gibet. N'épargnons pas non plus
Ce peuple admirateur des farces détestables
De nos patriciens, baladins méprisables.
Eh ! qu'importe quel lucre ont tous ces bateleurs [21]
Du trafic de leur vie ! Eux que nos empereurs
N'obligent plus enfin à ce honteux commerce
Qui pour des jeux publics si follement s'exerce.
Du glaive ou des tréteaux s'il vous fallait choisir,
Il faudrait préférer le trépas au désir
D'imiter des farceurs qui révoltent notre âme.
Mais doit-on s'étonner que, lorsqu'un prince infâme
S'est fait joueur de harpe, un grand soit histrion ? [22]
O comble de stupeur, de dépravation !
Gracchus se montre encore avec plus de bassesse ! [23]
Et dans l'amphithéâtre étalant son adresse,
Sans bouclier, sans casque, il s'offre aux spectateurs !

Se déguiserait-il, ainsi que les lutteurs?

Le trident d'une main, de l'autre, dans l'arène,

Il lance le filet avec force et sans gêne.

A-t-il manqué son coup? Jaloux d'un vain éclat,

Il fuit la tête haute et revient au combat.

C'est lui qu'on reconnaît à sa riche coiffure.

Forcé de le combattre, hardi sous son armure,

Le mirmillon craint plus cet affront que les coups.

Si des jours plus heureux brillaient encor pour nous,

Quel indigne Romain, en donnant son suffrage,

Ne préférerait pas, au plus triste esclavage,

Un Sénèque gardant des serpens pour Néron? [24]

Le crime qui d'Oreste égara la raison

L'assimile au tyran; mais le motif diffère.

Par les dieux entraîné, ce vengeur de son père

Fut-il de ses parens l'horrible empoisonneur?

Le vit-on immoler et sa femme et sa sœur?.... [25]

Dans ses débordemens, à sa fureur en proie,

Retraça-t-il encor l'embrasement de Troye?

Et fut-on au théâtre étourdi de ses chants?

Qu'ont dû de plus affreux venger, en même temps,

Galba, Virginius, Vindex, changeant l'empire? [26]

Qu'a-t-il fait ce Néron, qui n'eût pas fait maudire

Un prince dégradé, qui, sur des tréteaux grecs

Gambadant sans pudeur, n'éprouvait de regrets
Que ceux d'être privé de la palme olympique ? [27]
Va donc joindre aux tableaux de ta famille antique
Un lyrique trophée; et déposant de plus
La robe de Thyeste aux pieds d'Enobarbus, [28]
Va suspendre, en grand prince émule de Locuste,
Ta harpe triomphale au colosse d'Auguste.... [29]
Qui plus par la naissance et les titres brilla
Que Céthégus et toi, fougueux Catilina?
Sans les soins vigilans d'un consul, d'un grand homme,
Vous alliez cependant dans la nuit brûler Rome,
Imitant des Gaulois l'exécrable attentat!
Mais, qui veillait alors? qui rassurait l'état?
Qui gardait nos remparts? qui défendait nos portes?
Qui faisait tout plier sous nos fières cohortes,
Et se faisait un nom plus grand, plus glorieux,
En étouffant dans Rome un complot furieux,
Qu'Octave se baignant dans le sang à Leucade?
C'était un Plébéien triomphant sans bravade.
Immortel Cicéron, le peuple et le sénat,
T'ont justement nommé le sauveur de l'état!
Regardez ce guerrier d'une obscure naissance, [30]
Dont l'héroïque audace accrut tant la puissance,
Qui ne dut qu'à lui seul, à ses rudes travaux,

La victoire qu'il sut fixer sous ses drapeaux.
Des Cimbres détruisant la formidable armée,
Et rassurant lui seul notre ville alarmée.
Tandis que les corbeaux, par la faim attirés,
Couvraient de ces géans les membres déchirés,
Marius à grands pas poursuivait sa victoire !
Le nom des Décius, d'immortelle mémoire,
Et leur cœur magnanime, étaient tous Plébéïens.
Rome, ne vis-tu pas ces nobles citoyens,
Dignes par leurs vertus de ton idolâtrie,
Se dévouer sans crainte aux dieux pour la patrie?
D'un esclave le fils, des bons rois le dernier, [31]
Au trône est parvenu. Faut-il s'en récrier,
Quand des fils d'un consul, les complots homicides
Livrent Rome aux Tarquins, l'état aux parricides,
Plutôt que d'affermir l'auguste liberté
Par leur rare valeur, leur magnanimité,
Et d'étonner Coclès, Mutius et Clélie
Par des faits immortels en sauvant la patrie?
Un esclave au sénat dévoile leurs complots. [32]
Son nom sera compté parmi ceux des héros,
Et les fils de Brutus vont expier leur crime.
Soyez fils de Thersite et guerrier magnanime
Plutôt que fils d'Achille ou grand dégénéré.

Du plus antique nom fussiez-vous honoré,

Quelle est votre origine? et d'où sort votre race?

D'un asile souillé par le crime et l'audace!

Votre aïeul, quel qu'il fût, ne fut rien qu'un berger,

Ou plutôt un brigand dont on dut se venger....

NOTES

DE

LA HUITIÈME SATIRE.

[1] L'auteur a entendu désigner, par le nom d'Émilien, Publius-Cornélius-Scipion, qu'il appelle, vers 11, *Numantin.*

[2] Les noms de Corvinus et de Galba sont assez fameux dans l'histoire romaine.

[3] Chez les Romains, *Magister-Équitum* était un général de cavalerie choisi par le dictateur et soumis à ses ordres.

[4] Fabius-Maximus reçut le surnom d'*Allobrogicus* pour avoir vaincu les Allobroges, et ce titre passa à ses descendans, qui prétendaient tirer leur origine d'Hercule dont les autels étaient confiés à leurs soins.

[5] Osiris était le Dieu des Égyptiens. Quand ils avaient trouvé leur Apis ou le bœuf sous l'image duquel ils adoraient Osiris, qui le premier avait attelé les bœufs à la charrue, ils s'é-criaient : *Nous l'avons trouvé! Félicitons-nous!...*

[6] On trouve, dans quelques éditions, *Rubelli-Blande;* mais me conformant au plus grand nombre des éditeurs et à la version de Jouvency, j'ai adopté le nom de Rubellius-Plancus, qui, suivant Tacite, descendait par sa mère de la race des Jules.

[7] Ce Rubellius-Plancus se disait descendant de Cécrops, parce qu'Auguste, son parent, se croyait issu d'Iule.

8 On doit observer ici que ce n'est point la caste nobiliaire que Juvénal a prétendu signaler en cet endroit, non plus que dans le reste de la satire, mais les nobles dégénérés et tombés dans la dernière dégradation. En effet, quels éloges ne donne-t-il point aux Drusus, aux Cossus, aux Scaurus, qui appartenaient aux premières familles de Rome?

9 Phalaris était un roi de Sicile, dont la cruauté avait inventé un taureau d'airain dans lequel il faisait enfermer, pour être brûlés, ceux de ses sujets dont il avait résolu de se débarrasser.

10 Capiton et Numitor, pirates de Silicie, qui furent condamnés par le sénat.

11 Natta et Pansa, deux délateurs. Le premier était une créature de Séjan. Il fut accusateur de Crémutius-Cordus. *(Voyez Tacite, Annales, liv. IV.)*

12 Chérippe, dont il est ici question, devait être un de ces malheureux citoyens qui, sous la tyrannie des empereurs romains, ne pouvaient guère échapper soit à l'inquisition des délateurs, soit à la rapacité des préteurs ou des gouverneurs de provinces.

13 C'est celle d'Afrique, dont les richesses alimentaient les délices et la mollesse d'un peuple qui n'était occupé que de spectacles et des jeux du cirque.

14 Ce Marius est le même que celui désigné dans la première satire.

15 Jouvency pense que le nom de Damasippe est emprunté, et que par ce nom Juvénal fait allusion à quelque grand de Rome, qui avait tellement dégénéré que ce personnage, suivant l'auteur, était descendu du rang de consul au trafic de maquignon ou d'écuyer, ne fréquentant que la taverne et les lieux de débauche, si bien qu'après avoir donné l'exemple de tous les genres d'infamie, et réduit à la plus affreuse misère, il finit par se faire histrion pour pouvoir subsister.

16 Hippone était la déesse des chevaux.

¹⁷ L'individu mentionné plus haut, appelé Damasippe, était un général favori de Néron.

¹⁸ Les prêtres de Cybèle étaient indifféremment appelés *corybantes*, ou *galli*, *curètes*, *dactili*, *idœi*.

¹⁹ Comédie de Catulle, dans laquelle apparaissait sur la scène un spectre qui poussait un cri d'étonnement à la vue d'une jeune fille qu'il semblait prendre pour une divinité.

²⁰ Allusion à une autre comédie du même auteur, dans laquelle on crucifiait un esclave infidèle, ou un chef de voleurs, nommé *Lauréole*. L'acteur qui remplissait ce rôle s'escamotait au dénoûment de la pièce, et substituait à sa place un mannequin qu'on perçait de clous. Lentulus, de la famille Cornélia, jouait le rôle de cet esclave ou de ce voleur crucifié, et se distinguait par son agilité dans cet escamotage.

²¹ C'est ici que Juvénal signale fortement les nobles et les grands de l'état, transformés en histrions ou gladiateurs du temps de Néron, comme on peut le voir encore dans Tacite, (*Annales*, *liv. XIV*). Ils faisaient un trafic honteux de leur vie, qu'ils vendaient au président des jeux, au préteur Celsus.

C'était le peuple qui prononçait ordinairement sur la vie ou la mort du gladiateur blessé. S'il s'était montré adroit et intrépide, il était presque toujours sûr d'obtenir sa grâce; et, dans le cas contraire, son arrêt de mort était infaillible. Les spectateurs étaient dans l'usage de montrer leurs mains avec le pouce plié sous les doigts, pour indiquer que le gladiateur était exempt du supplice; et pour le condamner, de les montrer avec le pouce levé et dirigé contre le malheureux.

²² Ainsi que l'histoire nous l'apprend, Néron était baladin, joueur de harpe. Il dansait sur le théâtre et faisait des vers ridicules qu'il débitait publiquement et qu'on était forcé d'applaudir. (*Voyez Tacite*, *Annales*, *liv. XIV.*)

²³ Gracchus était un descendant des Gracques. A l'exemple des autres nobles, il s'était fait gladiateur. Cette classe se divisait en *mirmillons* et *rétiaires*. Gracchus appartenait à celle de

ces derniers. L'armure des mirmillons était un bouclier et une faux, et ils portaient un poisson sur le haut de leur casque. Les rétiaires portaient un trident d'une main et un filet de l'autre.

24 Allusion au sac de cuir dans lequel on mettait, avec des singes et des serpens, les parricides et les criminels d'état, pour être ensuite jetés dans le Tibre ou sous la roche Tarpéïenne.

25 Bien moins cruel que Néron, qui fit périr Octavie et Poppée, ses deux épouses, Agrippine, sa mère, Britannicus, son frère, et tant d'autres personnages qui lui étaient unis par les liens du sang, Oreste, pour venger les mânes de son père, se souilla à la vérité du meurtre de Clytemnestre, sa mère; mais il ne tua ni sa sœur Electre, ni son épouse Hermione.

26 Galba, Virginius et Vindex, s'étaient révoltés contre Néron. L'un commandait en Espagne, l'autre en Germanie, et le dernier dans les Gaules.

27 Néron disputait le prix de la course aux jeux olympiques, et se distinguait par son habileté à conduire des chars.

28 *Thyeste*, tragédie de Varius, qui vivait sous Auguste, et qui, suivant Horace, avait éclipsé Virgile et tous ses rivaux dans la poésie épique : *Molle epos ut nemo Varius ducit.* La perte des ouvrages de ce grand poëte est une des plus grandes qu'ait éprouvée la littérature.

29 Quoique Juvénal ne désigne point celui que représentait le colosse auquel il invite satiriquement Néron de suspendre sa harpe, on doit cependant être convaincu, d'après l'opinion des meilleurs commentateurs, fondée sur l'assertion de Pline, qui prétend que le colosse de Néron était d'airain, qu'il ne peut pas être question (puisque le texte porte : *Colosso marmoreo*) du colosse de ce dernier, mais de celui d'Auguste, qui était de marbre. Cette observation est encore confirmée par Suétone, comme on le voit par le passage suivant de cet auteur : « *Citharam autem à judicibus ad se delatam adoravit, ferrique ad Augusti statuam jussit in Nerone.* »

³⁰ Juvénal oppose encore aux nobles, lâches et dégradés, Marius, illustre plébéien, qui défit les Cimbres et les Teutons.

³¹ Servius-Tullius, sixième roi de Rome, était, suivant Tite-Live, ainsi que d'autres historiens latins, fils de l'esclave Corniculana. Habile politique, ce prince s'était élevé par l'opinion qu'on avait de ses grandes vertus, qui lui fit conférer la royauté par ses concitoyens.

³² Cet esclave s'appelait Vindicius ou Vindex.

Les lumières d'un judicieux éditeur de la traduction de Juvénal, par Dussault, ne m'ont pas peu servi à frayer ma route. Aussi ne puis-je m'empêcher, en terminant ces notes, de rendre un juste hommage au mérite littéraire de Jules Pierrot, ainsi qu'à celui du père Jouvency, et de convenir que ces deux aristarques doivent être considérés comme les meilleurs commentateurs qu'on puisse consulter.

DIALOGUES DES MORTS.

PREMIER DIALOGUE.

Voltaire et Jean-Jacques Rousseau.

JEAN-JACQUES ROUSSEAU.

Patron des novateurs, disciple d'Aristippe,
Vous qui chantiez si bien la gloire et les hauts faits
D'un grand prince qui fut l'idole des Français;
Qui d'un siècle poli ne fûtes point l'OEdipe,
Mais l'espiègle Arioste ou le gai Lucien,
En voyant votre nom au temple de mémoire,
Au-dessus de celui du plus grand écrivain
Qu'ait immortalisé la muse de l'histoire,
Devez-vous regretter le séjour des mortels?...

VOLTAIRE.

Vous glissez finement les traits de la satire,
Vous dont le nom fameux méritait des autels !
Vos chants mélodieux ont si souvent fait dire :
— « Est-ce un autre Linus ? S'il égaie au hameau
La piquante bergère, il transporte au **théâtre**
Où l'Amour fait briller son carquois, son flambeau,
Nos duchesses, la cour, un parterre idolâtre,
Et partout il ravit le plus morne auditeur. »
— Mais fallait-il toujours n'être qu'un misanthrope,
Du luxe et des beaux-arts le vain réformateur,
Et sur tous nos travers portant le microscope,
Vouloir qu'on préférât au nectar du Tokai
Le mauvais vin de Brie ou celui de Surène ?...
Dalembert, Diderot, Grimm et Lachalotay,
Ont un peu dérouté la ligue ultramontaine
Digne de vos mépris, disciple de Calvin.
Mais quoiqu'ils aient pipé les mœurs d'un âge espiègle,
Qui dépouilla le froc de son masque divin,
Sous qui Momus donna l'essor à plus d'un aigle,
Devaient-ils dénigrer des peuples le pasteur ?
Comment ont-ils osé renier le Messie

Qui reléguait aux bois la docte Académie?...

D'*Émile* ils ont nargué le divin précepteur,

Choisissant pour compagne à son auguste élève

La fille du bourreau, dans ses rêves profonds

Qui de la capitale amusaient les bouffons,

Et qui d'un coup du ciel, comme Dieu fit naître Ève,

Offrit de sa *Julie*, exemple des vertus,

Le cœur sensible et pur sans avoir fait naufrage,

Quoiqu'elle eût fait sortir de ses flancs un fœtus!.....

Ne leur disais-je pas : N'est-il point un vrai sage,

Le génie enchanteur de tous nos Polémons,

Qui change en Brasidas un conteur de fleurettes,

En Mindare un Acaste égayant nos salons;

En braves Jeanne-d'Arc nos Laïs, nos coquettes;

En Pédarettes, tous de civisme enflammés,

Nos quarante phénix toujours si renommés;

Nos abbés, nos Harlays, nos guerriers intrépides;

En moines valeureux, du brouet noir avides.

Voyez-les dans son arche aussitôt s'enfermer,

Pour être des Hurons, abhorrant la science;

En bons Laconiens soudain se transformer,

Quitter pour le brouet le luxe et l'opulence,

La mollesse, les arts, la douce volupté!

JEAN-JACQUES.

Vous n'avez pas perdu sur la rive infernale
Votre esprit farfadet, votre causticité...
Quel supplice pour vous ! qui prêchiez le scandale
A vos concitoyens, rangés sous vos drapeaux,
Vous dont la vanité ne fit qu'un Érostrate,
Anathématisant quiconque ne le flatte,
Qu'il vous faille laisser les ombres en repos ;
Que vous ne charmiez plus cette espiègle marquise,
Dont vous serviez l'intrigue en madré tripoteur,
Seul propre à la sauver des cafards de l'église,
Méconnaissant l'esprit du divin créateur !
Que vous ne soyez plus des grands le coryphée,
Ni de la liberté l'habile escamoteur,
Enduisant d'ambre fin sa coupe empoisonnée !
Qu'il vous faille oublier le séjour de Berlin,
Un prince novateur dont vous chantiez la gloire,
Qui fêtait le frondeur du joug ultramontain,
Comme Octave celui qui fondait sa mémoire !
Que d'un siècle brillant l'empirique lutin,
Vous ne prodiguiez plus, par un commerce étrange,
Aux rois, dont vous étiez l'Horace et l'Arétin,
Aujourd'hui la satire et demain la louange !

Et qu'on ne dise plus : « Quel bretteur merveilleux !
« Comme il botte, hors Piron, chacun de ces Pygmées!...
« Justifiant si bien ses transports orgueilleux,
« Dira-t-on qu'il n'a pas mérité ses trophées?»
Pouviez-vous applaudir, philosophe grivois,
Un Timon, préférant au palais la chaumière;
Plaçant Fabricius au-dessus des bons rois,
Et qui frayant au peuple une large carrière,
L'éclairait sur sa route avec un grand fanal;
Qui prêchait la raison, une morale utile,
Sappait les préjugés, le sophisme infernal,
A l'esprit de son siècle arrachait son *Émile*,
Et qui pour extirper de la société
Les poisons corrupteurs qui toujours la détruisent,
En chassait les beaux-arts que suit l'iniquité
De nos réformateurs, dont les plans introduisent
Le funeste arbitraire. Étais-je un radoteur,
Un abbé de Saint-Pierre avec ses utopies,
Des états de l'Europe aveugle instituteur,
Donnant aux nations, par le vice amollies,
Les lois qui de Lycurgue exaltaient les enfans,
Et faisaient admirer leur vrai patriotisme;
Quand je disais qu'il faut un despote aux méchans,
Non un libérateur en butte à l'empirisme,

Qui détruit des états lentement le ressort ;

Que Minos, aveuglé par une erreur funeste,

Affranchit les Crétois, plus avides de l'or

Que de l'égalité que le riche déteste ;

Que, plus sage, Platon refusa d'octroyer

Les lois d'un état libre à des peuples esclaves,

Cupides, opulens, peu jaloux d'essuyer

Les plus rudes travaux, les périls les plus graves ;

Qui voyaient d'Aristide avec perversité

Les vertus s'attirer l'ombrageuse coquille, *a*

Palladium vengeur de la grande famille,

Chez les Athéniens, fiers de leur liberté ?...

Fondateur d'une école en sophistes féconde,

Si, d'un siècle brillant l'oracle ou le phénix,

Vous connaissiez si bien la science profonde

De montrer sur vos pas les mornes applanis,

Parlez, qu'avez-vous fait?

VOLTAIRE.

Contre une ligue impie,

Qui dit : « Sous la tiare il faut courber les lis ! »

J'ai défendu l'Europe et vengé ma patrie,

a *Testula*, petite coquille qui était le scrutin des Athéniens pour l'ostracisme.

Sous les Valois en butte à ses vils ennemis.

J'ai greffé sur le froc l'esprit philosophique

Contre lequel hurlait la meute des cagots.

Et si, comme Pascal, je narguais des magots,

Infectant les esprits de leur lèpre incivique;

Si je ne fis pas rire et des singes mitrés,

Et le père Sacy, des maquereaux titrés,

Leurs scrupuleux amis, le gazetier de Nantes,

Qui put bien trébucher en cherchant sous le froc

Le séjour des élus, digne de ses attentes,

Et trouver le guichet par quelques tours d'escroc.

Son collaborateur, le faussaire Lacoste,

Sur l'épaule portant les armes de nos rois,

Aux bagnes par le greffe honoré d'un beau poste;

Langlevieux, qui, plus vil, plus lâche et plus sournois,

Dans ses rêves pieux sur les vertus chrétiennes,

Prenait parfois d'autrui les poches pour les siennes.

Et si je démasquai tant d'autres garnemens

Dont l'auteur du *Tartuffe* eût fait rire la ville,

La province, la cour, les petits et les grands;

En flagrant à bon droit l'engeance la plus vile,

Était-ce travailler contre l'humanité?

Fallait-il du cynique affubler la besace,

Pour être un philosophe?... Un magot entêté

Put bien singer Lycurgue et marcher sur sa trace;

Ses plans par les filous durent être prônés.

Mais quoi! ne fut-il donc qu'un nouvel Érostrate,

Celui par qui nos fous étaient désarçonnés;

Qu'on vit au gouvernail en nocher qui se flatte

D'enchaîner la fortune et braver ses revers?...

Devait-il imiter l'orateur des déserts,

Celui qui fit changer à son siècle de route;

Qu'applaudirent la France et les peuples divers,

Lorsqu'il eut fait tomber une vieille redoute,

Et sauvé d'Escobar un florissant état

Qu'on avait vu passer de la Ligue à la Fronde,

Avant d'être régi par un grand potentat;

Qui fut un Charles-Quint sur la scène du monde?...

Ma muse attaquait-elle une divinité

A qui les anciens Grecs érigeaient des statues?

La vit-on se traîner dans les routes battues

Par les Mérovingiens et leur postérité?

Des mortels se vouant à la félicité,

Ne chanta-t-elle pas le vainqueur de la Ligue,

Qui fit plus que celui qui prit Tyr par sa digue,

Qui subjugua la Perse et vainquit tant de rois?

Au théâtre imprimant l'esprit philosophique,

Qui dit à la raison : Va reprendre tes droits

Dont t'avaient dépouillé les Guises, les Valois !
Celui qui, se traçant sa route dramatique,
Au parterre montrait d'intrépides Romains,
Immolant un tyran, mais non le despotisme ;
Celui qui combattait l'horrible fanatisme,
Offrant de Teutatès les autels inhumains ;
Qui fondait une école utile et mémorable,
Du gothique pivot déplaçait nos états,
Pour changer des humains le destin déplorable ?

JEAN-JACQUES.

N'auriez-vous point plutôt servi les scélérats,
En offrant aux esprits l'amorce enchanteresse
D'un poison lent, mêlé d'une liqueur traîtresse ?
Nouveau dieu des beaux-arts, pour mieux nous attirer,
Vous disiez : Je ferai du ciel pleuvoir la manne,
Dont je veux, en pasteur bienveillant, restaurer
Les chrétiens et les juifs, tout fidèle et profane.
Qui devait plus que vous être déifié ?
Vous avez cependant joint au bon grain l'ivraie,
Dont la semence doit avoir fructifié
Plus sur le sol gaulois qu'en tout autre contrée.
Henri quatre disait à son bon jardinier,
Devant un duc gascon : « Comment fais-tu produire

« Mon jardin? Apprends-moi ton utile métier. »

— « Sire, j'ai beau suer, j'ai beau faire et beau dire,

« Ce terrain est ingrat, je le dis tout de bon.

« Je m'épuise en engrais, j'y perds mes soins, mes peines.»

Le prince se tournant vers le duc d'Epernon,

Réplique au jardinier : — « Tu choisis mal tes graines.

« Sèmes-y des Gascons; ils prospèrent partout! »

N'en pourrait-on pas dire autant de vos adeptes?

Et pourquoi dans l'état ne seraient-ils pas tout?

Ils ont sous leurs drapeaux les fous et les ineptes,

Pour faire prospérer la bonne liberté,

Comme à Gênes, Venise, en Hollande, en Pologne.

Justement révérés par leur noble équité,

Ils doivent de l'état tripoter la besogne.

Ne sont-ils point aussi des Gascons, des Normands,

Des enfans de Judas et de la Synagogue?

Des Timons pourraient voir en eux des garnemens.

Mais a-t-on la berlue et prend-on chat pour dogue,

En frappant d'anathème un enfant de Plutus,

Qui grossit ses trésors à l'aide de Mercure?

« Foulant aux pieds l'honneur et toutes les vertus,

« N'a-t-il pas, diront-ils, pour guinder son allure,

« Singer le grand seigneur, briller par ses châteaux,

« Dépouillé le vieillard, la veuve, la pupille,

« Et réduit l'honnête homme aux abois, sans asile?

« Voilà quels sont les fruits des sophismes nouveaux!

« Offrant à des vautours une grasse curée ,

« A quelle déplorable et triste destinée,

« Il faut qu'à l'avenir l'homme soit condamné! »

Disent-ils. Ont-ils tort? je ne le pense guère.

Que du plus grand succès un plan soit couronné.

Sera-t-il le meilleur pour le juge sévère

Qui saura calculer ses vices monstrueux?

Savant souffleur de nains, grand peintre en miniature,

Vous avez par votre art mutilé la nature.

Vous avez appelé des sentiers tortueux,

Des fossés, des ravins, des routes magnifiques.

Vos enfans, énivrés des douceurs du sérail,

Se piquent de mépris pour les vertus civiques,

Et l'ébène par vous est pour eux le corail.

Créateur d'un système utile aux coteries,

Engendrant l'athéisme et l'usurpation,

Un esprit de bassesse et d'âpre ambition,

Le vice, la rapine et les catégories.

Vous avez enfanté, non pas la liberté,

Mais son froid simulacre, et fait sortir un buste,

Un squelette piteux du corps le plus robuste.

Pour moi des peuples rois fêtant la majesté ,

J'ai montré, j'ai dû suivre une plus large voie

Que celle des nouveaux castrateurs des états,

Faméliques vautours se disputant leur proie,

Qui ramènent la ligue et tous ses attentats.

Quand j'ai tracé le plan de mon grand édifice,

Ai-je dit qu'il fallût le poser dans les airs?

Ai-je dit qu'un état énervé par le vice,

Que changent si souvent les complots des pervers,

Pût supporter les lois du fondateur de Sparte?

Et n'ai-je pas prouvé qu'aux empires trop grands,

Riches et corrompus, il faut que l'on départe

Le monarchique état, où le luxe des grands

Alimente aisément la plus nombreuse classe;

Que, pour avoir des lois, on doit du brouet noir

Savourer les douceurs, et se mettre à la place

De ceux qui, sur leurs mœurs, fondaient tout leur espoir?

VOLTAIRE.

Supporte qui pourra ce cynique langage;

Je vais trouver ailleurs quelqu'ombre moins sauvage.

JEAN-JACQUES.

Restez, et bénissez votre revenant-bon.

C'est moi qui pars : voici Labaumelle et Fréron.

II.e DIALOGUE.

Voltaire, Labaumelle, Fréron et Piron [*].

LABAUMELLE.

Qui vous reconnaîtrait, philosophe protée ?
Qui dirait : De Fernay c'est le cygne éclatant,
Attirant à sa voix, comme un nouvel Orphée,
Tous ceux qui l'entendaient, ivres du talisman
De ses sons enchanteurs ? Quelle métamorphose !
Ce cygne n'est donc plus qu'un fantôme hideux,
Qui grimace, pâlit, sa face décompose,
Et d'un œil effaré nous observe tous deux !

VOLTAIRE.

Celui qui voit des gens d'une équivoque mine,

[*] Piron, caché derrière des ombres, ne paraît en scène que sur la fin de ce dialogue.

Postés au coin d'un bois, et qui vont l'aborder
D'une façon qui n'est courtoise ni badine,
Peut-il, s'en s'émouvoir, ces goujats regarder?

FRÉRON.

Vous êtes bien peureux dans le séjour des mânes,
Vous qui vous amusiez des cornes du démon !

VOLTAIRE.

On doit craindre en tous lieux les ruades des ânes,
Et je trouve partout Labaumelle et Fréron.

LABAUMELLE.

C'est trouver le bon lot! Mais daignez nous apprendre
Si vous n'auriez pas eu noise avec quelque fat?
Sans avoir le nez fin on peut très-bien comprendre,
Qu'on ne vous verrait pas en si piteux état,
Si l'on n'avait blessé l'orgueil du grand génie,
Qui, malgré les cafards de sa gloire ennemis,
Sur le Pinde a guindé de sa philosophie
Le trône merveilleux ! Grâce à nos beaux esprits,
A ses nombreux prôneurs, comme au docte Laharpe,

N'a-t-il pas tout soumis, à son sceptre puissant,
Le bouc et le renard, le brochet et la carpe !

VOLTAIRE.

Tout au monde, excepté le *Mercure galant*,
Quelques rameurs connus aux bagnes de Provence,
De bourses, de bijoux d'adroits escamoteurs,
Des frélons du public lassant la patience,
D'infâmes gazetiers, des calomniateurs
Dignes de figurer sur la place de Grève,
Et qui, se pavanant en vain sur l'Hélicon,
N'étaient que la grenouille envieuse qui crève.
N'avaient-ils pas plutôt leur place à Montfaucon.
Ces porte-frocs, singeant l'ami d'Alcibiade,
Non point par ses vertus mais bien par ses goûts grecs !

FRÉRON.

Je reconnais bien là notre ancien camarade !
Il laisse tant soit peu percer de vains regrets.
Si je sais bien juger, n'a-t-il point à se plaindre
Du cynique têtu qui vient de le quitter ?
Cachant sous sa pelandre une massue à craindre,
Comme un second Hercule il se fait respecter !
N'auriez-vous pas reçu le jour des rois les mages,

Vous que les morts devaient comme un dieu révérer?

Vous recevez ici de moins brillans hommages!

Mais ne pourriez-vous point à Laharpe inspirer

Une autre apothéose en style académique?

Ce serait là le bon remède à votre mal!

Auriez-vous à briguer un laurier dramatique?

Renouant un destin qui n'eut jamais d'égal,

Vous recommenceriez un autre brillant rôle!

Comme au piquet des as heureusement loti,

Vous pourriez chez les morts vous promettre la vole.

Par ce bonheur soudain vous seriez averti,

Sans crainte d'écarter les héros, les monarques,

Alexandre, César, et le sire Africain.

Vous vous ririez sous cape à bon droit des trois parques,

En préférant aux rois, dans votre esprit malin,

Les dames, les valets et des as la cohorte.

LABAUMELLE.

Iriez-vous de nouveau comme un Mopse aboyer,

Et, contre la critique ameutant votre escorte,

Aux dépens du bons sens souvent vous égayer?

Vous verrait-on encor, chef d'une secte impie,

Vouer un nouveau culte à l'immoralité,

Et faire triompher par la philosophie

Le vice, le scandale avec l'impiété ?

Vous avez par Vénus vaincu le Moliniste,

Sous un Sardanapale ou bien un musulman.

Tantôt prôneur des rois, puis leur antagoniste,

N'avez-vous pas été girouette à tout vent ?

Vous ennoblissiez-vous en prêchant l'athéisme,

En livrant au sarcasme, à l'opprobre, au mépris,

Un prélat dont la foi n'était que bigotisme, *a*

Dans les traits dégoûtans de vos impurs écrits ?

Est-ce à tort qu'on vous fit coffrer à la Bastille ?

Vous serviez Frédérick d'une façon gentille !

Et vous sûtes trouver un trésor à sa cour ! *b*

Mais, par un contre-temps votre bonheur fut court :

Que d'imprimeurs disaient que, pour couronner l'œuvre,

Et pour faire briller votre esprit infernal,

Vous les gratifiez d'un bouillon de couleuvre,

Bientôt accompagné d'un billet d'hôpital !

Engagé dans la lice où triomphait Homère,

Vous avez tant soit peu trébuché sur ses pas !

Du grand peintre d'Énée émule téméraire,

Vous avez oublié la lime et le compas !

---

a On sait quels troubles suscita dans le royaume la bulle *Unigenitus* que M. de Beaumont, archevêque de Paris, défendit avec une opiniâtreté sans exemple.

b Allusion à l'intrigue de Voltaire avec la princesse Ulrique, sœur du roi de Prusse.

On admire pourtant cette grosse tempête
Où Neptune, mettant les vents sous l'embargo,
La calme sans avoir recours au *quos Ego*,
Sans que le matelot se trouble ou s'inquiète !

VOLTAIRE.

Je rêvais l'autre nuit que le sacré vallon
Etait plein de crapauds, d'insectes, de vipères ;
Qu'on entendait sans cesse hurler sur l'Hélicon
Des mâtins affamés et des loups sanguinaires,
Et qu'à leurs nobles chants se mêlait quelquefois
Les duos des nombreux rossignols d'Arcadie,
Qui par leur basse-taille imitaient le hautbois.
Qui remportait le prix de la cacophonie ?
Labaumelle et Fréron, non pas sans vanité !
Allez, marchands d'opprobres et derniers des bélîtres ;
De vils bandits rentrez dans la société !
Pour être leur patrons n'avez-vous pas des titres ?
Allez, continuez à friser le gibet !....

PIRON.

Bon ! c'est ce qu'on appelle étriller le baudet.

VOLTAIRE.

Eh ! béni soit l'auteur de *la Métromanie !*

·Quel plaisir n'ai-je pas de vous revoir ici?
Embrassons-nous! Que tout dorénavant s'oublie!

PIRON.

Qui le veut plus que moi? Mais que j'obtienne aussi
Que vous m'écouterez! Laissez-là la racaille
Des gibiers de potence, et Nonnotte, et Fréron!
Et soyez où Chapelle, où votre ami Piron,
Qui disaient : Moquons-nous du cafard qui nous raille!
Par l'amour et Bacchus tâchons de nous sauver.
Le régent et Sacy, que je vois arriver,
Pourront, si vous voulez, faire votre partie.
Pour moi, que la contrainte et le pathos ennuie,
Je dis : Sauve qui peut! Je vous conseille aussi
De m'imiter. Voyez à quelques pas d'ici
Ninon et Sévigné que je dois aller joindre.

VOLTAIRE.

Ma Ninon! Je vous suis : je ne suis plus à plaindre! ·c

(c) On sait que Mademoiselle Ninon l'Enclos avait fait cadeau au jeune Arouet de
sa bibliothèque, et qu'elle avait prédit son illustration lorsqu'il n'avait encore que
douze ans.

III.ᵉ DIALOGUE.

Le duc d'Orléans, régent, & le père de Sacy.

LE RÉGENT.

Qu'est devenu, mon père, un visage vermeil
Qu'égayaient le Tokai, le Moka, le Madère,
Quand, repu, vous passiez de la table au sommeil?
Que du passé pour vous la pensée est amère!
Occupé du salut de votre pénitent,
Contre l'immonde esprit vous le teniez en garde.
Un roi dans vos filets! Que vous étiez content!
Toujours l'esprit au ciel, d'une voix papelarde,
Sacy pouvait crier : Haro sur les damnés!
Mais on dit que Voltaire et sa troupe matoise,
Des bons enfans d'Ignace ont allongé le nez

Et désenluminé la figure sournoise.

Du vieux fort d'Escobar on dit que les mineurs

Ont triomphé d'emblée et l'ont fait disparaître;

Et que la Pompadour, caressant vos vainqueurs,

Et dans sa gratitude accueillant bien leur maître,

Vous a fait faire aussi la grimace à la cour.

Quel malheur qu'un sultan mollît devant la jupe!

Déplorable destin! Tout vous fuit en un jour!

Que je plains, disait-on, un saint qui ne s'occupe

Qu'à sauver nuit et jour des griffes du démon

D'un fils de Saint-Louis l'âme faible et mondaine.

Pour tâcher de blanchir celle d'un Salomon,

C'était un fossoyeur suant, perdant haleine.

Faisant gagner au prince un coin du paradis,

Dût-on l'exorciser pour ses œuvres pieuses.

Que les rois sont ingrats, non sans raison maudits!

N'ayez donc plus recours qu'aux ombres bienheureuses

Des martyrs de la foi qui vont vous consoler.

LE PÈRE DE SACY.

Je vous croyais ici pontife des athées!

Par un culte à Baal fier de vous signaler,

Vous aviez en Gomorrhe érigé nos contrées!

Vous étiez moins taquin, moins gaillard, moins plaisant,

Lorsqu'on vous vit en pompe au parlement paraître,

Suivi de ducs et pairs d'un cortége brillant.

Vous sûtes vous donner du légitime maître,

Sous le nom de régent, toute l'autorité.

Il vous fallut user de plus d'un stratagême,

Et méconnaître un peu les lois de l'équité,

Pour avoir dans vos mains la puissance suprême.

Faut-il dire comment l'affaire s'arrangea,

Par quel tranchant moyen tout à vous s'engagea?

Etiez-vous, dites-moi, sans soucis, sans alarmes,

Quand vous faisiez garder les portes du palais

Plein de guerriers cachant sous leurs habits des armes?

Lubert et Desmaisons dérangeaient vos projets;

Et par leur légitime et puissante cabale,

Contre vous l'assemblée allait se déclarer.

Quel tumulte frappait l'enceinte de la salle!

Quel imminent orage il fallait conjurer!

Soyez de bonne foi! Sans l'avis salutaire

De votre adroit Mentor, fils de l'apothicaire,

Vos affaires prenaient un assez mauvais tour!

Vous ayant reconnu de la France l'arbitre,

Le parlement dut-il s'en louer à son tour?

Dans la guerre où Vendôme acquit par un beau titre,

Dans nos fastes, sa place à l'immortalité,
N'aviez-vous pas formé de coupables manœuvres
Avec des grands d'Espagne, en prince déhonté?
Pour ne vous signaler que par d'iniques œuvres,
N'aviez-vous pas conçu l'espoir de recueillir
D'un parent, d'un Bourbon l'opulent héritage?
Conquis par un grand prince, on voulait l'avilir
Avant cette journée où, pour son apanage,
Le vainqueur de Denain obtint la paix d'Utrecht,
Qui semblait assurer le repos de l'Europe.
Aidé de l'ascendant d'un tireur d'horoscope,
Vous briguiez la couronne, et n'étiez qu'un sujet!
N'étiez-vous pas exclu par un traité du trône?
Mais était-il de borne à votre ambition?

LE RÉGENT.

Mon père, rêvez-vous? Prêchez-vous en Sorbonne?
Je vous trouve en roman pauvre d'invention!
En serait-on surpris? On connaît la boutique
Où vous avez puisé vos contes, moins plaisans
Que celui de *Joconde*.

DE SACY.

Une mouche vous pique!
Vos sages des humains précepteurs bienfaisans
Aux calendes des Grecs nous invitaient d'attendre
Un nouvel âge d'or.

LE RÉGENT.

Par le bonnet carré
Nous pouvions beaucoup mieux du serpent nous défendre,
Et trouver du salut le port si désiré !
Devions-nous rénier vous, vos révérends pères,
Salutaires gardiens du peuple et de son roi?
Vous en souvenez-vous de ces jours si prospères,
Ou sous la Maintenon vous nous faisiez la loi?
Les jours d'Hochstet, Turin, Malplaquet, Ramillies,
De nos fastes brillans les avez-vous ôtés?

DE SACY.

Et vous qui ne brilliez qu'à force d'infamies,
Par l'éclat du scandale et vos impiétés,
Parlez ; embrassiez-vous la gloire de la France

En abaissant les lis devant le léopard?

En attaquant l'Ibère, et rompant l'alliance

Qui des deux nations unissait l'étendard?

Tourner contre un Bourbon d'un Bourbon l'oriflamme,

Au mépris des traités et des liens du sang,

Etait-ce se conduire avec une grande âme?

Maître du gouvernail, en perfide régent,

Vous dégradiez sans honte une grande puissance,

Et vous sacrifiez sa noble indépendance

A votre ambition!

LE RÉGENT.

       Qui pourrait se flatter

De faire vers sa source un fleuve remonter?

Fallait-il transporter l'Attique en Béotie,

Ou faire reverdir d'antiques troncs pourris?

Fallait-il ramener à la chevalerie,

Au temps de Dagobert, les plus subtils esprits?

Fallait-il enseigner qu'un soi-disant vicaire

Du Vitchnen des chrétiens peut déposer les rois;

Qu'armé par le Seigneur d'un glaive salutaire,

Il punit justement qui méconnaît ses lois

Et ne révère pas les filets de Saint-Pierre?

Pour plaire au Vatican, fallait-il approuver

Qu'il faut par un bûcher que le péché s'expie;

Qu'il n'est que Molina qui puisse nous sauver;

Qu'il n'est point de salut hors de la sacristie;

Qu'un paillard en soutane, avec ses doigts bénis,

Nous assure une place en la terre promise,

Ou nous traite en pervers du Tout-Puissant maudits.

Pour ne voir que l'esprit de notre sainte église!

Fallait-il supporter cet avilissement?

Le Tibre devait-il commander à la Seine,

Et le Tage rouler son onde souveraine

Avec la même audace? A quel joug révoltant,

A quel affreux péril j'arrachai la patrie!...

Je voyais de l'état le vaisseau s'engloutir.

Par l'Espagne la France allait être asservie,

Et le tocsin d'alarme allait nous avertir

Qu'un grand peuple pouvait de son rang disparaître!

Le cagotisme allait nous imposer un maître!

Sous ma noble régence, on voulait nous traîner

De Rome à la remorque, au plus vil esclavage!

Mais la France jamais put-elle abandonner

La liberté, l'honneur, son constant apanage?...

Vainement les fameux Albéroni, de Gortz,

Dans leurs vastes projets fondaient le despotisme.

Ils offraient l'admirable Alexandre du nord

Maîtrisant le destin par son grand héroïsme;

Contre la fière Autriche ils armaient le sultan,

Et faisaient dans leur ligue entrer le Moscovite....

Changer le sceptre anglais, le rendre au prétendant,..

Et renverser les lois par un zèle hypocrite,

N'était-ce pas le but des puissans conjurés?...

En vain Albéroni soulevait la Bretagne,

Excitait des Français à sa voix attirés;

Par la ligue sans frein de Rome et de l'Espagne,

L'état de grands malheurs se voyait menacé.

J'affrontai la tempête et sus par mon courage

Renverser pour toujours un ignoble esclavage.

Pour son indépendance il s'était prononcé,

Ce peuple qu'on croyait au cercueil voir descendre.

Il reprit son empire et son noble ascendant,

Et l'hercule français ne se fit pas attendre !

On voulait effacer son type transcendant,

Pour le faire passer sous les fourches caudines;

Mais la France avec moi sortit de ses ruines!

DE SACY.

Ce grand patriotisme et ce beau dévoûment

Doivent-ils étonner de la part du grand homme,

Qui, fondant le crédit de son gouvernement,

De sa bonne monnaie inonda le royaume !

Grand sauveur de l'état, chacun dut vous bénir !

Nous reviendrons un jour à vos écus de cuir !

LE RÉGENT.

Ma régence a vu fuir et la Ligue et la Fronde :

Loyola ne tient plus le grand pivot du monde !...

TABLE.

www.ingramcontent.com/pod-product-compliance
Lightning Source LLC
LaVergne TN
LVHW022310170726
843503LV00006B/2420